봄이 오는 길목

매헌현대시선 **011**

봄이 오는 길목
청암青岩 우제봉 4시집

인쇄일 | 2024년 09월 20일
발행일 | 2024년 09월 25일

지은이 | 우제봉
펴낸이 | 설미선
펴낸곳 | 뉴매헌출판
주　소 | 충남 예산군 예산읍 교남길 33
E-mail | new-maeheon@hanmail.net

값 12,000원

ISBN 979-11-988691-1-1(03810)

봄이 오는 길목

청암靑岩 우제봉 4시집

뉴
매헌

책머리에

  독자에게 공감을 주고 감동을 줄 수 있는 시다운 시를 써보겠다고 다짐하고 또 다짐하여 작심하였지만 마음일 뿐 가슴에 와닿지 못하는 시를 내놓게 되어 부끄럽기 짝이 없다.

  자고 새면 어깨를 맞댄 푸른 산이 손짓하며 웃어주고 즐겁게 노래 불러주는 새떼와 산에 들에 담밑이나 길가 또는 밭둑이나 논둑에 터를 잡고 활짝 웃어주는 민들레와 들국화나 이름모를 꽃들이 선사하는 꿈과 아름다움을 시에 담지 못하여 아쉬움만 한아름 남기고 4시집을 내놓으며 나를 둘러싼 벗들의 얼굴을 섬세하게 시에 담아보겠다고 다짐하여본다.

2024. 9.

우제봉

제2부

봄이 오는 길목

제3부

어쩌란 말인가

제4부

여름 어느 오후

봄이 오는 길목

청암 靑岩 우제봉 4시집

제1부

길

길

그 누가 질퍽질퍽한 길
돌밭 가시밭길
그 험한 길을 가고 싶겠는가
야무지게 생명줄 휘어잡고

눈부시게 빛나는 장밋빛
넉넉하게 아름드리 쏟아붓는
아름답고 탄탄한 길 위에서

휙휙 휘파람 불면서
여기도 보고 저기도 보는
즐거움과 여유를 누리는

한세상 펼치고 싶은 것이 인지상정
너나 나나 같은 마음이겠지만
신이 아닌 이상
어디 뜻대로만 되는 것이 있던가

그런대로 마침표를 찍는 것이
순리가 아니겠는가.

달

그믐달
상현달
하현달
이름을 가진 초승달

해가 뜨면 동쪽 하늘에 떠
해가 지면 보름달을 기약하며
자취를 감추기에

부지런한 며느리나 볼 수 있다는
눈썹을 그리는 초승달

어느새
한쪽 귀도 이울지 않은
둥근 달로 훌쩍 자라
계수나무 심고 방글방글 웃는

그대에게
정월 대보름
팔월 한가위날

수도승 염불하듯
소원성취 이루어 달라고
두손 모아 빌고 또 비네.

소같은 놈

길을 가던 나그네가
검정 소와 누렁이 소
두 마리를 가지고
쟁기질을 하는 농부에게 물었습니다

여보시요 농부님
검정이와 누렁이 중에
어느 놈이 일을 더 잘하느냐고

밭을 갈던 농부는 워 하고
소를 멈춰 세우더니
조용히 하라고 검지를 입에 갖다 대고
나그네에게 바짝 다가서서
누렁이가 훨씬 일을 잘해요
속삭였습니다

나그네는 또 물었습니다
왜 귓속말로 말하느냐고
농부는 껄껄 웃으며 소도 말귀를 다 듣고
일을 못한다고 하면 심술로 장난질을 친다고

그렇습니다
이랴 하면 가고
워하면 서고
쩌쩌하면 왼쪽으로 돌고
고삐를 살살 당기면 오른쪽으로 돌고
무러무러 하면 뒷걸음질 치고
주인에게 충성을 다 하여
논밭 갈이를 열심히 해준 댓가가

조금 부족하거나
말이 없고 무뚝뚝하거나
우매한 사람을 보면

소같은 놈
소같이 미련한 놈
대놓고 말하거나
뒤에서 빈주렁거리거나
아예 무시해버린다
미련을 뜻하는 것일까
과연 소같다는 말은
미련을 상징하는 것일까.

겨울나무

여름날에 쌩쌩 푸르게 웃어주던
소나무는 하얀 눈을 머리에 이고도

핏기없는 눈빛으로나마 웃어주니
오랜 세월 그대를 벗으로
내 곁에 둔 것이 참으로 다행이지만

벌거벗은 나목은 왜 그리도
아리도록 마음이 아픈가

하지만 매서운 겨울 혹한 속에서도
아주 의연하게 서서

내면으로 내면으로 푸른 웃음의 끈
길게 늘이면서 다음을 기약하겠지.

땡중

멀쩡한 대낮
어느 승려 한 분이 술에 취하여
쓸어질 듯 쓸어질 듯
이리 비틀 저리 비틀 길 위에
갈지자를 쓰다가

승려가 지켜야 할 계율을
어기었음을 후회하는 뉘우침인가

갑자기 쏟아붙는 쏘나기에
승려복이 후질근해지자
하늘에 대한 원망인가
불경을 외움인가

이름모를 중얼거림을 들은
행인 중 한 사람이
중얼거리는 옆 사람에게
여보게 친구 자네도
비맞은 땡중인가.

조국광복

일제의 더러운 올가미에 묶여
36년간 발버둥 쳐야 했던
치욕의 식민지굴레에서 헤어난지
78주년이 되는 오늘
8월 15일은 산과 바다가 손잡고
하늘과 땅이 하나가 되어 춤을 췄다
목이 터저라 대한민국 만세를 외쳐댔다
역사속에 길이길이 메아리로 남을
참으로 뜻깊고 영광스러운 날임을
동포여
어찌 잊으리오

조국광복을 위해 싸우다가
조자룡이 칼 휘두르듯
무참하게 휘두르는 일제의 총검에
장렬하게 순국한
수많은 애국지사가 있었기에
오늘날 세계열강 속에서
경제, 과학, 군사 대국으로
대한민국이 우뚝 설 수 있다는 것을

동포여
어찌 잊으리오.

주마간산 1

사통오달 뻥뻥 뚫린 도로를
씽씽 바람을 가르는 차창 밖
앞에서는 하늘과 땅이 손잡고
달려오고
양쪽으로 도열해 선 가로수
산비탈에 외로운 집 한 채
낮으막한 집들이 옹기종기
어깨를 맞댄 시골의 풍경
하늘을 찌를 듯이 높이 솟아
앞다투어 키재기라도 하듯
밀림을 이룬 도시의 빌딩들도
덩달아 어우러져 제자리를 떠나
획획 뒤로 지나간다
나 또한 지나가는
지구상의 한 점이 될까?

주마간산 2

맛 따라 길 따라 6시 내고향에 출연했다는
충북 증평의 초평 저수지 인근
푸른 나무들이 둘러싼 깊숙한 산속
소문깨나 난 어느 붕어찜 집

식탁 위에 오른 빨간 메기찜
먹음직스럽게 시선을 끌고
입안에선 군침이 저절로 짜르르 돌고
모락모락 피어오르는 알싸한 냄새는
코끝을 맴돌아 후각을 자극하지만
보기보다 그리 맵지도 달지도 않은
혀끝을 자극하는 묘한 감칠맛
또 한 잊지 못할 일품으로
입을 호강시켰다.

주마간산 3

울울창창하게 푸른 나무들이
하늘을 찌를 듯이 숲을 이룬
해발 657m의 좌구산 휴양림 산속
구렁이 꿈틀대듯 굽은 도로
아찔아찔 스릴 만끽하며
구절양장 굽이굽이 돌고 돌아
드라이브 종점 줄타기 교육장
주차장에 차를 파킹하고

한남금북의 최고봉 정상에
우뚝 솟은 천문대
국내에서 가장 큰 356mm 굴절 망원경을 통해서
태양을 관측하는 것도 흥미롭지만
영상실에서 계절 별자리를 관측하면서
새삼 과학의 발달에 감탄이 절로 나왔다

하산 길에 좌구산 카페에 올라
나 또한 하늘을 찌르는 숲이 되어
전망대에 앉아 달달한 카페라떼 커피잔에
나뭇잎 잡고 한들한들 춤추는

시원한 바람 꾹꾹 눌러담아 음미하면서
세월의 한복판을 유유히 유랑하는 흰구름 한점
숲속을 누비며 사랑을 나누는 산새들과 어우러져
신선 놀음에 도끼자루 썩는줄 모르는
무아지경에 빠지니 신선이 따로 있나
자칭 내가 바로 신선인 듯
착각속에 빠져보는 것도 흥미롭구나.

종합병원

권력과
부와
명예를 원없이 누렸지만
한세상 마침표를 찍을 때가 되면

머리 위에 쏟아지는
세월의 무게를 이기지 못하고
이빨 빠진 호랑이가 되어

팔다리 어깨 머리가
지끈지끈 쑤시는
반갑지 않은 손님만 늘어
종합병원을 차려야 하겠지.

행복으로 가는 길

한 점 구름이 생기면
한 점 한 점이 덧붙어
태양을 삼키듯
자고 새면 쭉쭉 느는 것이 버릇일러라

정열을 쏟아붙는 장미를 보면
가시가 많다고
마음씨 고운 친구는 멍청하다고
말 잘하는 친구는 말만 잘하면 뭣해
비단보에 개똥 싸기지

세상 어느 한 가지
긍정적으로 보지 않고
꼬투리 잡기에 급급하고

늘어가는 불만과 불평
부정의 버릇 덩어리를
쌩쌩 돌아가는 세척기에
송두리째 넣어보자.

아이러니

차사고는 예측할 수 없는 것
예고 없이 찾아오는 것이
차사고가 아니던가
차가 급발진하여 번개처럼
상가 또는 인도를 덮쳤다고
종종 뉴스에 흘러나오는데
어떤 사람은 운전대를 잡은 것이
몇 년이라고
어떤 사람은 운전대를 잡고
잔뼈가 굵었다고 떵떵거리며
남의 일처럼 귓등으로만 흘려보냈는데
세상에 그렇게도 자신만만한
일이 있던가
어느날 떵떵거리던 당사자가
머리에 붕대를 감고 나타나서
나 참
브레이크를 밟는다는 것이
악세레다를 꽉 밟아 낸 사고 훈장이란다
한때 호언장담하던 그 기세는 어디로 갔나

참으로 웃지 못할 이 아이러니
어찌하면 좋을까.

송년

떠나가는 당신
잡을만한 힘이 없기에
그저 무력하게 넋 빠진 사람처럼
바라보는 나의 시선
끝내 외면한 당신

나뭇가지 끝에 머물던 바람
눈감은 채 머리 풀고 곤두박질치듯
재촉하는 걸음
잠시라도 멈추어다오

어둠의 틈새
조금씩 조금씩 비집고 여는
찬란한 햇살
빌어다오

고달픈 인생살이
허리띠 졸라매야 하는
애옥살이 잊지 못하고
사랑을 속삭인 산새들

찾아든 둥지에 어둠이 누우면

말없이 남긴 숱한 언어들
봇물 터지는 그리움
어찌하라고
야지랑스럽게 떠나가는 당신.

현실 3

눈을 감아도
눈을 떠도
봐서는 안 될 것들이
하나둘씩 느는가 했더니
어느새 언덕을 넘어
산이 되었습니다

귀를 막아도
귀를 기울이지 않아도
들려오는 것들이
잠든 육신을 죽이고
영혼을 끌어내더니
강을 이루고
바다가 되었습니다

물개들의 놀이터
돌고래들의 쇼장을
열어주는 파란 바다
산새들의 노래 경연을

끌어안고 춤을 추는 푸른 산
그런 초록의 산이 그립습니다.

조화

무질서 속에서
조화를 이루는 정연한 자연의 질서
참으로 오묘하지 않은가

그 누구도
그 무엇도
비껴갈 수 없는 생로병사

젊다고 으스대면
그 위에 세월을 얹어주고
강자라고 뽐내면
눈 한번 질끈 감고
지독한 감기몸살 바이러스
듬뿍 뿌리는 절묘함

부족할듯하면 채워주고
넘칠듯하면 덜어가는
신비한 자연의 조화여.

옹고집

빈약한 철조망이 아니라
사정거리 10000km 미사일도
바람에 날리는 한낱 모래알처럼
무용지물로 전락시키는 철벽
셔터를 굳게 내린 공간
그 공간에서 존재하는
너는 지존이었다.

돌이 되리

보여도 눈을 감고
들어도 귀를 막고
감동과 영감을 풀어내는
영혼을 파닥거리는 돌이 되리

흙탕물에 뒹굴어도
기구한 운명을 탓하지 않고
오히려 당당한 웃음을 풀어
흙탕물로 목욕하는 돌이 되리

이기적인 인간들 화풀이
발뿌리에 채이는 고통
살 속으로 감싸 안고
가련한 인간들이여
내 가슴에 더 많은 발길
퍼부어다오
외치는 돌이 되리.

제2부

봄이 오는 길목

봄이 오는 길목 1

살랑살랑
흐느적이는 여인아
분 냄새
립스틱 냄새
치마폭에 감싸
대지가 온통 질펀하게
화장한 여인의 미소로
불타는 장미 빛 보듬는다.

봄이 오는 길목 2

길고 긴 하얀 터널 속을
배회하며 서성이던 여인의 치맛자락 잡아 흔들며
맨발로 지름길을 달려온 입춘이
새 생명들이여 눈을 떠라 눈을 떠라
등 두들겨 출발 신호 깃발 흔든다

참새떼 날아간 허공에
파란 아지랑이 피어나고
인적 끊긴 산골짜기에
기지갯소리 메아리로 맴도네

소리 소문 없이 앞서거니 뒤서거니
뒤뚱뒤뚱 앞다투는 소리
뼈만 남은 알몸으로 서서
아리아리한 어깨를 추스르던 나목

가지마다 출산을 앞둔 진통소리
앞산에 까투리 소리
뒷산에 뻐꾸기 소리

사방을 둘러봐도 야단법석 아우성소리
잦은 안갯속을 질펀하게 적시네.

첫사랑 1

보고싶은 것이 사랑이더라
굳이 사랑이라 말하지 않아도
가슴이 뛰는 것을
얼굴이 붉어지는 것을
꼬기꼬기 접어서 깊숙이 숨기는 것은
사랑이더라

말이 필요 없더라
마주 보고 서 있어도
불이 활활 타는 것이 사랑이더라
꼭꼭 숨겨 빗장 굳게 걸어 잠그고
도둑고양이처럼
만나고 헤어지고
금새 보고 싶은 것이 사랑이더라.

첫사랑 2

사랑이 불장난이더냐
불장난이 사랑이더냐
어쩌자고 불질러
뿌리체 활활 태워
잿더미로 흔적을 지우고
난 몰라라 눈길 돌리는가

그리도 쉽게
무 자르듯 끊어본들
질긴 것이 인연이 아니던가
구서구석에 남은 것은
발자취더라.

존재 이유

해가 있고
달이 있다
별 아래
구름이 흐른다
나무 위에 둥지가 있고
사랑을 나누는 신방이 있다
네가 있고
내가 있는 것이
존재 이유가 아닌가.

기다림

터미널에서
전철역에서
바글바글 들끓어
북새통 이룬 사람들
볼래야 볼 수 없는
무형의 그림자
깃발로 나부낀다.

경제

오르거라
오르거라
오를 수 없어도 올라야 한다
엎어 진대로 꾹 눌러
쿨쿨 잠들면 어쩌란 말인가
꿀꺽꿀꺽 각혈을 한다.

가을비

산등을 걸어온 단풍
온 산을 덮고
붉은 선혈로 춤을 추는가

그리도 탐이 나던가
종착역 문턱에서
이별이 서러워 서성이는 단풍
널뛰는 바람 앞세워
무참히 짓밟고 오는
비련의 가을 비여.

봄

소리
소문 없이 찾아온
푸른 햇살이

온 세상 곳곳에
퍼붓는 웃음과 희망이

얼어붙은 대지를
녹이는가 싶더니
오늘도
앙상한 목련 가지
가지 끝에 앉은
그 햇살이

급할 것 없는데도
너울너울 불어대는
푸른 휘파람 소리에
한 송이 목련꽃이
배시시 웃는구나.

아침 연가

참새가 짹짹
아침 찬가를 열창한다
살짝 미소짓는 햇살이
똑똑 창문을 두드린다
자석처럼 자동으로 끌리어
창문을 열고 밖을 바라본다
발걸음 잰 찬바람이 육신을 휘감는다
찬란한 별들이 놀고 간 자리에 누운
찬 서리가 밤새도록 혹한에 떨고
고독했던 것이 서러웠나
소리 없이 눈물 흘리며
아침을 여는 햇살을 맞이한다.

가을 끝에서

심술 덩이를 키운 바람에
치솟는 성질을 주체하지 못하고
허구한 날 시퍼렇게 날 세워
휘두를수록
더욱 푸르게 누워
청춘을 노래하던 저 산
그 기백 어디로 가고
흐르는 세월의 벽을 넘지 못 하였나

처량하게 쇠잔하여
핏기를 잃고 축 늘어진 모습으로
잔잔한 내 마음 흔들어 슬프게 하나
날마다 꿈 키워
쏟아지는 햇볕에 살부벼
도란도란 화음 맞추던 즐거움도
한때였던가
허리 굽은 내 모습
그리도 지친 눈빛으로
처절하게 바라보지 마오
아름다웠던 추억

깊숙한 곳에 묻어두고
내일을 위한 희망의 싹
쑥쑥 키워야지.

불면의 밤 2

흐렸다 개었다 하는 것이
어찌 오늘뿐이랴
늘 익숙해진 일상이었지
하지만 오늘은 유난히도
먹구름 한 놈이 가슴 한복판을
시퍼렇게 물들이는구나

아무리 몸부림쳐 지워보지만
쏟아지는 것은 비웃음뿐
너란 놈은 더욱더 끈질기게
세력을 확장하기 바쁘냐

하지만 세상 어디에
영원한 세력 있더냐
언젠가는 언젠가는
아주 초라한 낙엽으로
발길에 채일 때가 있으리라.

말리는 시누이

적은 늘 가까이 있다는 말
적은 아군 속에 있다는 말
그 말이 진실로 참이었던가
믿기지 않지만 믿어야 할
서글픔 어찌 감당하란 말인가

소속 집단과 더불어 살기를 버리고
혼자만이 영화를 누리겠다고
적을 도운 아군
책임도 묻지 말란다

중생을 구하는 부처님의 자비인 양
성인군자의 도와 덕인 양
예수님의 성스러운 은총인 양
꾹 눌러 덮어두라는 사람은
말리는 시누이더라.

꼴불견

오나가나 꼴불견 하나쯤은
약방에 감초처럼 존재하더라
차라리 들판 아무 곳에서나
요염한 자태
코끝이 찡하는 향기로
벌 나비 찾아드는 야생화라면
마음 풀어 감동하겠지만
서투른 환쟁이 물감 풀어 찍어 바르듯
덕지덕지 화장을 한 여인
일정한 직업도 없는 주제에
깨진 바가지 바람에 뒹굴 듯
자고새면 밖으로만 빙빙 나돌며
여기도 저기도 동서남북 천방지축
약방에 감초처럼 끼어들어
이것도 한답시고 저것도 한답시고 설쳐대며
착각 속에 빠진 자칭 천사
예절이 무엇이고 신의가 뭣이 말라비틀어진 것이랴
수단과 방법을 총동원한 잔머리 굴려
남이 평생을 공들여 쌓아놓은 탑을 짓밟아 무너뜨리고
소속 집단의 소속감조차 몽땅 팽개치고

과부 허리춤에 주렁주렁 돈주머니 차듯
육신과 영혼을 불태워 소속집단을 배신하고
경쟁상대 집단을 도와
쥐꼬리만한 직함 하나 꿰차고
아무렇치도 않은 듯 뻔뻔하게 활보하는 꼴이란
영원히 치유할 수 없는 꼴불견일러라.

이율배반

동족이기에 북한에 퍼준단다
통일을 위해서 북한에 퍼준단다
하지만 이곳 남한
쪽방, 옥탑방 살이는 외면당했다
그래도 양반이다

오늘은 무엇으로 풀칠해야 하나
지친 육신 노숙에 던져 연명한다
이제 노숙할 곳도 없다
이리 쫓기고 저리 쫓긴다

노숙자가 지하철 역사驛舍에서
낙엽 지듯 한 많은 생을 접었다네
의문의 마감이라네
노숙자들이 통곡했다

가슴이 용광로처럼 탄다
돈더미
쌀더미
비료 더미는 북한으로 잘도 가는데

여기 생의 밑바닥은 천덕구리처럼
끝끝내 햇볕이 에돌아 외면하는가

풀떡 내던지지 못한 한가닥 실오라기 생명
갇혀진 어둠속 헤쳐
휘어잡기도 서러워
더 흘릴 피눈물도 없습니다
아
그리운 햇볕은 어디로만 가나?

바보

바보
바보는 바보라고 하지 않는다

바보
바보는 내가 가장 똑똑하다고 한다

바보
바보는 가장 어리석은 생각을
가장 현명한 것으로 착각한다

바보
바보는 쓸개가 없다

바보
바보는 사탕이 달다고만 한다

바보
바보는 사탕을 주면 간을 빼어준다

바보
나 또한 바보겠지.

어느 봄날

시 한편 쓰지 못한 날
고뇌와 씨름하다가
잔잔한 호숫가
낚시 드리운 강태공이 되어
하루종일 월척을 꿈꾼다

미동도 하지 않는 우끼에
원초적 촉각 곤두세워
눈에 불을 켜보지만
고뇌의 늪은 더욱 깊이 늪는다

켜켜이 밀려오는 허허로움
파고든 고독이 만든 숲속
진달래 볼을 스친 바람이 늪는다
하루를 선 긋던 해가 흔적을 지운다.

제3부

어쩌란 말인가

어쩌란 말인가

가야만 한다
갈 수 없어도 가야 한다
엎어진대로
잠들면 어쩌란 말인가
몸살 앓는 경제가
꿀꺽꿀걱 각혈을 한다.

열 두 대

더러운 왜구의 말발굽이
짓밟고 간 나라의 비운
가슴 찢는 통탄의 절규
눈물이 되어
핏물이 되었으리라
기암절벽 열두 대 허리 휘어잡고
통곡으로 북을 쳤으리라

신립 장군이여
그대는 소서행장을 무찔러라
왜구를 물리쳐라
따끔한 맛을
침략자의 비참한 말로를
보여주어라

둥둥 북을 치는
남한강의 달천이
피를 토하는
독전의 함성을 들었는가
신립 장군이여

두려워하지 마라
싸워라
전진하라
싸워서 이겨라
피를 토했으리라

하늘도 끌어안지 못한
신립 장군의 한
열두 번씩이나 오르내린
그 동동거림
8천 군사를 향한 절박한 그의 절규
그림자까지 가슴팍에 보듬은 열두 대
한가로이 떠도는 흰구름 잡고
남한강에
물구나무서서 통탄의 눈물 흘리누나.

수수께끼 같은 인생사

뭘 안다고
큰소리 떵떵 칠 수 있겠는가
알 듯 알 듯하면서도
모르는 것이 인생사일러라
달려가서 부둥켜 안고 싶은 것
가슴이 터지게 안고 보면
초라하게 작아 시시하고
남이 가진 떡이 크기만 하더라

태산을 떠왔노라고
가슴을 펼치고 누운 바다가
모두 내 것이기에 성공했노라고
덩실덩실 한바탕 실컷 춤을 췄는데
흐를 만큼 흐른 세월 뒤에
남은 것은 빛바랜 것들 뿐일러라

일곱 색깔 고운 무지개 같은 꿈
구름 위에 누운 행복
모두가 아득하기만 하고

어찌 내일 일을 네가 알고 내가 알랴
알 수 없는 것이 인생사일러라.

초로인생

뒤를 돌아보지 말자
가슴을 쥐어뜯던 아픔
함박웃음 안겨주던 즐거움
왜 돌아보는가
모두가 부질없는 허상일러라

달리자
앞만 보고 달리자
어딘가에서 웃어줄 행복
황금빛 찬란한 행복 찾아 달렸지만
그 행복이란 것도 찰나일 뿐
사치스런 단어일러라
아침 여명의 햇살에
흔적 없이 사라지는
파란 풀 끝에 매달린
은빛 영롱한 초로일러라.

속아 사는 인생

아니야
이건 아니야
어쩔 수 없잖나
일어서거라
여기서 주저앉지 말자

맥없이 주저앉아버린 가슴에
환하게 빛을 안기던
한 떨기 어제의 그 씨앗
물거품으로 돌아온 오늘을 잊자

통곡일랑 멀리 바닷속에 던져버리자
다음에는
이다음에는
될 거야
잘 될거야.

대설

너는 곡예사였다
하얀 몸짓으로
하얀 손짓으로
곡선을 그리는 너의 춤사위는
까맣게 잊혀진
유년 시절의 추억 풀어
한올한올 책상 위에 탑을 쌓는 천사였다

왜 발톱을 세우는가
영하 18도를 앞세운
너는 악마였다

40년을 칼 갈았는가
비닐하우스를 폭격하고
축사를 무참하게 난도질한
너는 하얀 순백으로 웃고 있었다

망연자실한 넋빠진 농부들의 눈빛
하얀 하늘에 처절하게 대롱대롱 매달렸다
아 어찌하리

하늘과 땅이 꺼지는 까만 한숨
그 위에
악마의 탈을 숨긴 순백으로
춤을 추는가.

남북통일을 그리며

155마일 휴전선이
조국강산 허리를 동강내어
남과 북 남남으로
침묵의 세월 반세기는 눈물로 얼룩지고

돌아오지 않는 다리 너머로
임진각 통일전망대 저 멀리 북녘땅으로
떠난 원한의 수많은 시선들은
시린 핏물이 되어 흐르고

달리고 싶어도 멈춰야 했던
비무장지대 철마는
목 빼어 남북통일을 꿈꾸며
고철이 되어 피눈물로 외로운 나날을 맞고

바람을 업은 구름은
유유히 남과 북을 오고 가건만
오늘도 가슴을 헤집는 실향민의 향수는
바다로 출렁여야 하고
눈물과 사랑과 자비로 가득 채운 남한의 쌀 포대 더미는

원산항에 하얗게 쌓이고
장관을 이룬 일천 한 마리의 소 떼 속에는
반세기가 넘는 민족의 간절한 소망이 담겨 있건만

언제까지나 꽁꽁 얼어붙은 북녘 땅
철저히 무장된 강철로 잠궈버린 빗장
그 철벽 빗장 빼꼼이라도 열리기를
소원 위에 또 두 손 모아 소원을 쌓으며

푸른 파도 넘실대는
동해바다 옆에 끼고
부산에서 한반도 최 북녘땅 함경북도 온성까지
활짝 육로를 열고

밟아보고 싶었던 기암절벽 일만 이천 봉
수려한 내 조국 금강산 품속에서
꿈마다 그리던 이산가족을 상봉하여
부모 형제 얼싸안고
가슴 속에 응어리진
남북 분단의 통한과 슬픔 덩이를
천지를 흔드는 통곡으로 엉엉 소리 내어
삼천리 금수강산 눈물 바다 위에 띄우면
살며시 남북통일은 오겠지.

웃음

하하
호호
호탕하게 웃는 웃음이
지체 높은 특정인의
전유물이 아닐진대
아무렇게나 웃어보면 어떠하리

가슴 활짝 피고 한바탕 껄껄 웃고 나면
엔돌핀이 왈칵 솟아
눈이 번쩍 뜨이리라

숨겨진 웃음도 웃어보자
행주치마 입에 물고
입만 방긋 웃는 웃음
얼마나 아름다운가
천번을 봐도 식상하지 않으리라

그러나
땅이 꺼지는 허탈한 웃음

돌아서서 냉소적인 비웃음
그런 역겨운 웃음 따위는 웃지 말자.

빛 잃은 달

일몰과 함께 떠오르는 초승달
아미같이 앙증맞은 모습
희미한 빛도 좋았다

하루하루 자라 보름이 되면
한 점 이울지 않고 대낮처럼 밤을 밝히는
둥근 보름달이 되듯
내 유년의 시절
막연한 꿈이 저 초승달이 되리라
간절한 희망을 키웠다

차면 기우는 보름달
점점 작아지다 초승달 잉태하고
사라져야 할
진리에 순응하는 그 모습
내 유년의 시절
부지런해야 볼 수 있는
얼굴이기에 아름다웠다

잠을 되척이다 눈을 뜨면

창호지 문을 엿보며 손짓하는 보름달 유혹에
바깥마당에 모닥불 피우고

밀대 방석에 누워
저기 저 달 속에 정말 계수나무가 있을까

내 유년의 시절
호기심의 대상
꿈과 희망의 대상
선망과 낭만의 대상
아름다웠던 그 얼굴
어디로 갔나?

밤길 걷고 싶습니다

밤길 걷고 싶습니다
어둠이 밀림으로 누운 밤길
밤새도록 걷고 싶습니다

긴 정막이 내민 손잡고
도둑고양이 잠든 밤
가슴에 쌓이는 고독 풀어헤쳐
어디론가 무작정 걷고 싶습니다

추억이 뒤척이는 밤
까맣게 가슴 태우는
그리움 풀어헤쳐
밤새워 걷고 싶습니다

서성이던 바람 멈춰선 밤
밤새워 그냥 걷고 싶습니다
말똥말똥 눈뜬 별빛 따라
밤길 마냥 걷고 싶습니다

이슬 촉촉이 내리는 밤
까만 어둠과 밀어를 나누며
밤새워 마냥 걷고 싶습니다.

세모

고달픈 질곡의 나날들
그 위에 등 굽은 그대 모습이
홀로 졸다가 명멸해버리는 가로등처럼
너무도 쓸쓸하구나
그러나 어찌 하랴

가거라 용감하게
서글프게 떠나는 것이 어찌 그대뿐이겠는가
이별이란 늘 쓰린 아픔이란다
눈물일랑 보이지 말고
다소곳이 손 흔들어다오

그대 빈자리는 또 다시 채워질지니
아쉬움일랑 떨어버리거라
욕망이 아니라
주체할 수 없이 출렁이는 소망
그 소망들이 동해바닷속에서 용트림한다
발길이 떨어지지 않는 아픔
미완성된 모든 것들
안으로안으로 품거라

등떠밀리는 것이 처절할지라도
더욱더 비참하기 전에
엉거주춤 서성이지 말거라
어둠을 가른 여명을 헤집고
새해의 아침 붉은 해가 솟는다
푸른 동해 바닷속에서.

그리운 나의 모교

앞에는 조약돌이 노래하는 명경지수
시냇물이 흐르고
뒤에는 백두대간 줄기
푸른 소나무들이 알살을 부비는
대자연 품에 안고
눈보라길도 걸어온 나의 모교
대술초등학교

작은 불빛조차 없는
암흑도 주저하지 않았다
이 바람 저 바람 뒤엉킨 미친 바람
산발하고 운동장에서 춤을 춰도
말없이 감내하며
한 장 한 장 역사를 썼다

희미한 달빛 속에서도
찬란한 햇빛
보름달을 보며
꿈나무들 꿈을 키웠다
푸르디푸른 꿈

여든 해 성을 쌓은 분필 가루
그 속에서 선생님들의 목소리
열정으로 불을 피웠다
초롱초롱 빛나던 꿈나무들 눈빛
꽃으로
열매로 큰 별이 되기도 하였다

운동장을 달구던
영차영차 어린 함성
메아리로 돌아온다
아!
그리운 나의 모교
오늘도 새역사 쓰리라
시대를 초월한
혜성을 출산하기 위한 꿈으로.

고추

문남독녀 키우듯
애지중지 뜨겁게 열정을 받고
제집으로 시집간지 100 여일
지나가는 바람 잡고 흔들흔들 춤추며
때로는 쏟아지는 달빛과 밀어를 나누고
때로는 눈부신 햇살과 수다떨다가
투정으로 토라질 만도 하지만
언제나 웃으면서 두 팔 벌려
머리 벗겨지는 햇볕을 안고
푸르디 푸른 몸뚱이를 살찌워
밤새 내리는 이슬과 사랑을 나누다가
소나무 사이로 살며시 날아온 여명에
어젯밤이 불가항력으로
제집을 쫓겨나 돌아서서 눈물 흘릴 때
빨갛게 분장하고 아침을 연다.

실종

에메랄드 깔아놓은
마른하늘
억수로 퍼붓는 장마
석달 열흘 머리를 헤집는다

악취 나는 흙탕물
거머리처럼 달라붙는 습기
스멀스멀 핏속을 돈다
나태의 핏덩이가 머릿속을 채운다
손끝 하나 움직이기 싫다

바닥으로 바닥으로
침몰하는 몸뚱이
끝내 무게를 이기지 못한다

이완된 영혼과 육신
둥둥 떠 흙탕물에 떠밀려 간다
어디론가
어디론가,

갈대 1

강가 둔치에 도란도란 손잡아
터를 잡고
밭을 일구고
주저앉은 갈대
제질로 한질 훌쩍 자라
소근소근 속삭이는 가을 햇살로
머리 빗더니

어느새 피운 하얀 순백의 꽃 위에
잠든 가을바람
시샘하는 또 다른 바람이
말달리듯 달려와 흔들어대니
눈부신 은백의 물결로
이리 흔들 저리 흔들
춤을 추는 모습 장관이로다.

갈대 2

이리 흔들 저리 흔들
공성이 난 몸짓으로
술취한 사람처럼 한바탕
춤추고 나면 식상이 날만도 한데

눈에 살기를 품고 미친년 널뛰듯
달려드는 광기에 찬 바람도
두 손 벌려 환영하며
꺾길 듯 꺾길 듯
이리 눕고 저리 눕는
몸짓은 오뚜기일러라.

사람 사는 시절

허리띠 졸라매고
피눈물 흘리며
고개
고개
호랑이보다 더 무서운
보릿고개 넘던 시절
동지섣달 긴긴밤
사랑방 희미한 등잔불 아래
모인 마실꾼(마을꾼)들 이마를 맞대고
입담으로 밤이 깊어갈 때
삶은 고구마 한 바가지
쭉쭉 빠갠 동치미
한 양푼 동치미 국물에 띄워 대접하면
어린아이들처럼 신나게 즐기던
그 시절
그 시절
후덕한 인정이 넘치는
사람 사는 시절이
그립고
또 그립다.

제4부

여름 어느 오후

여름 어느 오후

연일 쉴새 없이
지구상의 모든 것들을
태워버릴 것처럼
미친듯이 불덩이를 쏟아붓는
용광로가 된 태양은
이제 혈기가 소진되어
핏기를 잃고 엉거주춤
주저앉을 만도 하지만
등등한 기세를 꺾을 자 있던가

사방의 초록들도 땀 흘리며
엿가락처럼 늘어져 한세상
놓치지 않으려고 발버둥 치고
동물원의 덩치 큰 코끼리도
물을 찾고
쉴새 없이 동동거리던
견공도 그늘을 찾아
오수를 즐기네.

버려야 산다

사람들로 물결치는 세상
틈바구니에 끼어
달빛도 별빛도 없는 누리
한잔의 술잔에 떠도는 사유
하나 둘 유영하는 영상
소름 끼치는 무료함의 날개

시작도 끝도 없는 반추
이미 핏기 잃어 창백한
지난날의 화려했던 꿈
느리게 느리게 아주 느리게
술잔에 출렁출렁
헤엄치는 지느러미

1m 2m 100m
아무리 높이 방파제를 쌓아도
한잔의 술잔이 강물이 된 무용지물

집착과 탐욕

허상이 된 사유

퇴화 된 하루.

부창부수

나무는 나무끼리 어울려
숲을 이루듯
해가 낮을 밝히면
달은 밤을 밝히듯
별들이 모여
은하수를 만들 듯
남편이 나서면
아내가 따라 나서고
남편이 화단에
꽃나무를 심을 때
아내가 이 꽃나무는 여기에
저 꽃나무는 저기에
심으면 좋겠네 하면
남편은 맞아 그게 좋겠네
박수를 친다.

자연휴양림

도란도란 머리 위에 얹은 세월
무게를 잴 필요가 있던가
어제가 가고 오늘 또 오는 세월
그 속에서 뿌리를 깊게 내리고
몸통을 불리며
제멋대로 자유를 누리는 것
그 누가 간섭하겠는가
사정없이 쏟아붓는 불볕
식혀주는 성난 바람이
머리끄덩이를 잡아 흔들면
이리 흔들 저리 흔들
공성이 난 춤으로 노래 부르다가
하루 일을 마친 해가
어둠에 쫓기어 황급히 사라지고
자지러지게 쏟아지는
별빛에 누어 콧노래 부르며 잠들어
푸른 하늘로 치솟는 꿈속에 들겠지.

이웃사촌

어느 날 눈이 멀뚱멀뚱한 대낮
한가로이 마당을 맴돌며
먹이 찾기에 넋 빠진 닭 한 마리
소리 없이 번개처럼 날아온
매의 공격을 받는다
혼비백산이 된 닭
죽음의 고비를 벗어나기 위해
몸부림쳐 필사적으로 푸득거리는 찰나
일촉즉발의 위기를 직감한 개 한 마리
쏜살같이 달려가 매를 공격했지만
요리조리 피하면서 계속 닭을 공격했다
위기의 상황을 목격한 염소가 나타나
머리로 매를 공격했다
마침내 매는 눈물을 머금고
먹이 사냥 탐욕을 포기하고
36개 줄행랑을 치고 말았다
친구
이들은 한집에서 사는 친구로서
위기에 처한 친구를 구출하는
이 놀라운 우정을

그대로 웃고 넘길 수 있겠는가
우리 인간이 살고 있는 세상에
이들 삼총사 짐승 같은
의인은 몇 %나 될까?

요양원

병을 조섭하며 치료하는 것이 요양이고
요양에 필요한 시설이 요양원이라네
얼마나 그럴사한 말인가
겉으로는 병을 낫게 하는양
홀미끈하게 보이지 않나
요양원으로 보내는 사람
요양원으로 가는 환자
돈이 없는 서러움은
강이 되고 바다가 되어
죽으러 가는 곳인지
살려고 가는 곳인지
속이 썩다 못해 문드러지는 곳
코로나 때문에 어쩔 수 없다네
보호자가 면회시 용변이 급해도
한발짝도 출입구에 발을 디밀 수 없이
철저하게 봉쇄된 곳이 요양원
이미 시기가 지나
일반 약국에는 거의 품절이 되어
살 수 없는 코로나 검사 키트
면회시에는 코로나 검사를 거치고

마스크는 필수적으로 착용하는 곳
병실에는 Tv조차 없으니
단 몇초라도 웃어볼 수 있는 기회는
이미 재가 되어
살아야겠다는 의지와 희망은
삭정이 불어지듯 꺾이어 곤두박질치고
환자는 거의 24시간을 침대에 누워
무슨 생각을 할까
사막에서 나무가 시들어가듯
하루하루 한 발짝 한 발짝
죽음이 다가온다는 생각
저승사자가 목을 죄어온다는 생각
고려장을 당했다는 생각
미어지게 쏟아지는 상상과 회한
인명은 재천이라 했으니
죽고 사는 것을 하늘에 맡기고
개미 쳇바퀴 돌 듯
희망과 체념 사이를 돌고 돌아
어김없이 찾아오는 낮과 밤을 맞으며
몸부림쳐 두 손으로 움켜잡은 것은
죽음의 실루엣뿐
아 얼마나 고통일까
이 불쌍하고 가련한 현실
어찌 감당하란 말인가?

어느 농부

이른 봄 까치가 먼동이 튼다고
소식을 물고 오기도 전에
새벽 단잠에서 깬 농부
눈을 부비며 동동거리기 시작했다
금이야 옥이야 삼대독자 키우듯
2월에 싹을 틔워 한알한알 포트에 심어
하우스 안 비닐 터널속에 넣고
시설해놓은 열선에 전원을 ON 상태로
온도를 맞춰 조절한 다음
비닐을 씌우고 아기 감싸듯
보온덮개 이불을 덮었다 벗기기를 몇 개월
수 천번 한 끝에 기른 고추모
차에 실으며 고놈들 예쁘게도
잘 커서 고맙다고 속삭이는
농부 얼굴엔 웃음이 가득
부지런히 손놀려
고추모 시집보낼 밭에 옮기고
물을 실어다 놓은 다음에야
아침식사는 번개불에 콩 볶아먹듯
몇 술 뜨는둥 마는둥

일꾼들을 데리러 몇 km를 달려
인력센터로 향한 머릿속에는
금년엔 병충해 없이 잘 되겠지
잘 될거야
기대와 희망이 교차하고 있었다.

막차 탄 인생

세상 밖으로 나와
넓기만 한 세상 품에 안기어
첫차를 탄 인생
멋모르고 팔딱거리던 그 시절
똑딱똑딱 허무하게
길어져만 가는 세월의 그림자
왜 자꾸만 뒤 돌아 밟는가
아무리 버둥거려보지만
공수래공수거
손에 잡히는 것은 빈손뿐
이제 하늘의 별을 딸 것만 같던 희망
세상 다 가질 것 같던 탐욕
모두 훌훌 털어버리고
홀가분하게 종착역을 향한
막차 탄 초라한 인생
거부하지 못하고
조용히 갈 곳은 그곳 딱 하나뿐이겠지.

밤비

하느님께 빌고 빌며
목이 빠지게 기다리던
가뭄에 내리는 비
그 얼마나 반가운가
환호성이 절로 나오고
덩실덩실 자동으로 춤을 추련만
때를 탈선해서
반갑지도 않은 추적추적 내리는 밤비는
왜 그리 외로운 탑만 쌓아 올리는가
아무리 쓸쓸하고 고독해도
고요히 잠든 적막 흔들어 깨워
동행하려 하지 말거라
부질없는 일이다
매달려 흔들면 흔들수록
비에 젖은 밤은 깊어져
고독이란 놈은 덩치를 키워
태산이 되고 이미 강을 이루더니
감당할 수 없는 바다가 되는구나.

오는 봄

가고 오는 것이 자연의 순리가 아니던가
봄!
오는 줄도 모르게 살며시 와서
어깨를 짚는가 했더니
어느새 온 누리에 보낸 전령사들
기지개 켠다
젊음을 노래하고
청춘을 노래하고
희망을 노래하네
가는 줄도 모르게 눈감고
지나가면 좋으련만
그리도 심술이 나던가
계절의 끝자락에 매달린 것이
그리도 한스러웠나
때 아닌 눈보라 몰고 와서
봄을 시샘하는 꽃샘 칼날을 휘둘러야
한이 풀리던가
다 부질없는 일이다
아무리 맹위를 떨쳐도
말없이 봄은 오고

비웃기라도 하듯
봄의 전령사들 눈망울이
더욱더 초롱초롱 빛나는 별빛이구나.

무정한 세월

세월은 간다
누가 뭐래도 간다
눈물 흘리며 허리 잡고
애원해도 가고
발길질하며 갈태면 가거라
체념하고 한탄하며
원망을 퍼부어도
세월의 수레바퀴는
탈선하지 않고 날개 단 듯
잘도 돌아간다
끝이 없는 망망대해가 가슴을 펴고
누워있어도 성큼성큼 쉼 없이 가고
하늘에 맞닿은 푸른 산이
가로 막고 두 팔 벌려도
보란 듯이 숲속을 누비며 잘도 간다
석달 열흘 가뭄속에 태양이
용광로로 작열해도
억수장마 물동이로 퍼부어도
살점을 에는 눈보라쳐도
사이사이 누비며 머뭇거림 없이 가고

새들이 눈물 흘리며 통곡해도
무정하게 손 흔들며
뒤도 돌아보지 않고 가는 것이
세월이 아니던가.

그리움

이미 구만리 달아난 잠
다잡아 청해 보지만
조롱이라도 하는 듯
자꾸만 멀어져 이리 뒤척 저리 뒤척
뜬눈으로 밤을 지새우게 하는
불면의 밤
새록새록 머릿속을 온통 점령해 버린
젊은 날 역사의 한 페이지
활활 불타오르는 빨간 장미의 정열
그 아름다움
돈다발 한짐 짊어진
꿈같은 행복에 어찌 비하리
이제는 곰삭아 살아질 만도 하련만
채곡채곡 쌓이는 세월의 무게 위에
더욱 영롱해지는 추억
구석구석에 깊게 자리 잡은
행복의 조각들이 반짝이는
첫사랑을 어찌 잊으리오.

마음

인간사 만사가 마음먹기 달렸다네
마음이 없는 곳엔 길도 없고
희망 또한 없으며
마음이 약하면 성사될 일도 허사가 되고
마음이 강하면 허사가 될 일도 성사되지 않나
불가능하다고 체념하며
두 다리 쭉 뻗고 주저앉아버리면
영영 돌아오지 못하는 강에서
평생을 허우적거려야 하지만
마음이 집을 나간 빈 가슴에 불씨를 살려
오리무중五里霧中에서 헤매는 마음 한가닥 잡아
다독이고 또 다독이며
비록 작심삼일일지라도
독하게 마음 먹고
천재일우千載一遇를 놓지지 않는
진이사대천명盡人事待天命의
자세로 한세상 살아보세.

친구

친구여
보고 싶네 가슴이 무너지도록 한없이 보고 싶네
마음에 소복소복 싸이는
그리움만 남긴 세월은
너무도 빨리 너무도 멀리 저만치 가네

그래도 여기저기 흘린 추억
하나하나 꺼내어
사무치도록 그리운 그리움
오늘도 달래보네

친구여
기죽지 말게나
수양버들 축축 늘어진 것처럼
어깨 축 늘어진 모습 추하지 않은가

오늘날은 백세시대라네
아직도 10여년은 남지 않았나
당당하게 살게나
팔팔하게 살게나

나처럼 그리움을 달래다 보면
케케 묶은 추억들이 머리를 들고
추억의 조각들을 들추다 보면
감당키 어려운 감성의 늪에 빠져
지나치게 소심해지느니

마음의 문을 활짝 열어보게나
저 건너편에
찬란한 무지개가 보이지 않나?

벚꽃

구름처럼 뭉게뭉게 만발한 벚꽃
야! 멋지다
야! 아름답다
그 어떤 환호성으로도
그 어떤 감탄사로도
부족하기만 했던 아름다운 자태
이제 자연의 섭리를 따라
아쉬움을 남긴 채
향연을 접어야 하는가보다
이별을 고하는 슬픔의 그림자
그 어디에도 남기지 않고
바람에 분분히 흩날려
지는 꽃잎 하나하나
눈처럼 허공중에서
곡예사가 되어 춤추다가
지상에 사뿐사뿐
미래의 꿈을 심는구나.

핑크빛 5월

에메랄드 깔아놓은 하늘 아래
날로 농익어가는 신록이
날개를 핀 바람의 품속에서
즐거움과 아름다움과 희망을
노래하는 5월
여기저기에서 활짝 웃어주는
꽃들은 금상첨화로다
책상 앞에 앉아 창밖을 바라보면
아들 내외가 지극정성으로
가꾸어 놓은 장미가
대문 안 아치를 타고 올라가며
활짝 웃음으로 반겨 준다
어쩌면 그리도 눈부시게 황홀하면서도
오만하지 않단 말인가
백옥같이 하얀 백장미
춤추는 나비 같은 노란 장미
수줍게 웃어주는 연분홍 장미
이글이글 불타는 새빨간 장미가 앞다투어
5월의 햇볕 위에 쏟아붓는 정열
그 뜨거운 정열이 불타는 5월이여.

면회

특별한 일이 없는 한
둘째 딸이 쉬는 월요일에만
아내에게 간다
아내는 자신을 요양원에 버렸다고
나와는 말을 섞지 않는다
아예 원수로 여기고 외면한다
저승사자 앞인 양
아내한테 가기가 무섭고
두렵고
가슴이 메어지는 아픔
고통
죄책감
만감이 교차한다
아내는 딸에게 하소연하고
애원한다
요양원은 있을 곳이 못된다네
집으로 가게 차 갖다 대라네
그렇지 않으면 벌판 아무데나
갖다 버리라네
풀이나 뜯어먹고

이슬이나 받아먹으며 살아도
요양원보다 좋다네
참으로 기가 막히는 노릇이다
평생을 죄인으로 살아야 하는
나는 무너지는 아픔
어찌 감당하란 말이오
하늘이여!

고백

여보
나는 당신에게 죄인이로소이다
당신이 어찌
가슴 갈기갈기 찢어져
무너지는 내 심정을 알리오
현대판 고려장이란
요양원에 당신을 보내야만 하는
뼈를 깎는 고통을 어찌 알리오
하지만 당신에게 이해나
용서를 구하지 않겠소
나는 지금 고해성사하는 심정으로
탈탈 털어 고백하려 하오
변명이라 말하지 마오
당신의 원한이 하늘에 닿을 때까지
눈감고 고개숙일 뿐이오
당신이 반신불수가 되기 전
4년여 전부터 암과 싸워야 하는
중증 환자란 것을 숨겨온
내 능력으로는
당신을 간병할 자신이 없기에

피눈물을 흘리고 흘려야 하는
각고의 아픔을 뒤로 하고
눈물을 머금고
당신을 요양원으로 보내야만
했다오
여보
사랑해요
무릉도원 신선놀음 같은
한 세상도 갈 때는 빈손이라오
우리 모두 가진 것 내려놓고
무념무상 세상으로 갑시다.

<평설>

연륜年輪이 이루는 관조觀照의 미학
- 우제봉 시를 탐미하다

최병석(시인)

<평설>

연륜年輪이 이루는 관조觀照의 미학
- 우제봉 시를 탐미하다

최병석(시인)

1. 들어가며

산다는 것, 인생이라는 것에 대해 생각하자니 무어라 정의하기 어렵고 두렵다. 거창하기도 하거니와 어중간한 연륜으로 단정 지을 수 있는 만만한 상대가 아니지 않나. 팔순에 이른 저자 우제봉 선생님, 시인께서 걸어온 삶의 자취에서 풍기는 범접할수 없는 아우라는 무엇인가. 말씀의 풍은 더도 덜도 없는 구수한 충청도 그 느낌이지만 움직임에는 단호하고 직진의 모습을 보여주시는 데 전체적인 풍모를 표현한다면 강직하지만 정 많고 서민적이며 상대에게 허물없는 분이라 감히 내심 정리해 본다. 우 선생님을 뵌 지 30여 년에 이르도록 가까이 거주한 까닭으로 무시로 만나 뵐 수 있었다. 신체상의 풍모만 변화가 있었을 뿐 소탈하면서도 강직한 처음의 이미지가 현재까지 변함없이 그대로여서 감사한 마음이 앞선다.

청암靑岩 우제봉 시인은 중등교사로 교장 정년퇴임까지 전공인 국어를 가르치는 교육자의 길, 직장인의 길을 걸었으며, 전형적인 농촌 마을에 농촌형 주택에 거주하면서 늘 논과 밭을 일구는 농부의 역할을 손에서 놓지 않았다. 그리고 무릇 문인들이 그렇듯 경제와 무관하게 문인으로서 시인의 길을 빼곡히 걸어오셨다. 다만, 낯 내기에 체화되지 않은 성품으로 자신의 화려한 이력을 위해 여기저기 기웃거리지 않는 우직한 문단 활동을 보여주신다.

꽤 오래전에 첫 시집을 내고 한참을 작품집 이야기가 없었는데 2023년 그러니까 작년에 2집, 3집 두 권의 시집을 발간하여 주변을 놀라게 하셨다. 더더욱 깜짝 놀랄 소식을 주셨는데 금년도에 4번째 시집을 발간한다는 것이었다. 오랫동안 써놓은 작품들이라 하지만 신작을 쓰고 그간 써놓은 작품을 정리하면서 편편마다 퇴고의 과정이 있었을 것이니 어디 그리 쉬운 작업이었겠는가. 반갑고 감사한 마음으로 소식을 접하는데 부족하기 짝이 없는 내게 서평의 말씀을 주시니 무척 곤혹스럽고 무거운 마음이나 오랫동안 곁에서 보아 온 친근한 부분들을 미천·위로 삼아 지면을 채운다.

2. 길에서 도道를 얻다.

> 그 누가 질퍽질퍽한 길
> 돌밭 가시밭길
> 그 험한 길을 가고 싶겠는가

야무지게 생명줄 휘어잡고

눈부시게 빛나는 장밋빛

넉넉하게 아름드리 쏟아붓는

아름답고 탄탄한 길 위에서

휙휙 휘파람 불면서

여기도 보고 저기도 보는

즐거움과 여유를 누리는

한세상 펼치고 싶은 것이 인지상정

너나 나나 같은 마음이겠지만

신이 아닌 이상

어디 뜻대로만 되는 것이 있던가

그런대로 마침표를 찍는 것이

순리가 아니겠는가

- 「길」 전문

누군가 걷고 다시 걷고 난 자리에 생겨나는 통행수단인 길, 이를테면 오솔길, 고샅길, 산길, 들길, 자갈길, 진창길, 소로길, 한길, 지름길 등이 있겠다. 그러나 여기서 이르는 길은 그 원초적 의미를 넘어 행위의 규범으로서 더 나아가 인생 질곡의 길이다. 순탄한 인생이 어디 있을까. 사실 인생길이란 사람마다 아무도 앞서간 이 없는 미지의 세계요 생소한 개척의 역사가 아니던가. 그렇기에 언제나 또 누구나 어렵고 고단하다. 그러면서도 가슴 벅찬 설렘의 길이기에 사람들은 그 매력에 이끌려 어제보다 오늘, 오늘보다 내일에 희망을 걸어두고 한 발짝씩 앞으로 나아가는 것이리라. "신이 아닌 이상 / 어디 뜻대로만 되는 것이 있던가 / 그런대로 마침표를 찍는 것이 / 순리가 아니겠는가"라며 저자는 본 시집 첫 시 「길」의 결구에서 오랜 세월 체험으로 쌓

은 지혜의 말씀을, 젊은이들은 쉽사리 접근할 수 없는 인생의
묘미이자 세상 이치와 순리를 거미줄 늘이듯 스륵 스륵 자연스
레 설파한다.

이어지는 작품들에서 저자의 인생길에 대한 번뜩이는 지혜의
시각은 더욱 빛을 발한다.

> 길을 가던 나그네가
> 검정소와 누렁이 소
> 두 마리를 가지고
> 쟁기질을 하는 농부에게 물었습니다
>
> 여보시요 농부님
> 검정이와 누렁이 중에
> 어느 놈이 일을 더 잘하느냐고
>
> 밭을 갈던 농부는 워 하고
> 소를 멈춰 세우더니
> 조용히 하라고 검지를 입에 갖다 대고
> 나그네에게 바짝 다가서서
> 누렁이가 훨씬 일을 잘해요
> 속삭였습니다
>
> 나그네는 또 물었습니다
> 왜 귓속말로 말하느냐고
> 농부는 껄껄 웃으며 소도 말귀를 다 듣고
> 일을 못 한다고 하면 심술로 장난질을 친다고

그렇습니다
이랴 하면 가고
워하면 서고
쩌쩌하면 왼쪽으로 돌고
고삐를 살살 당기면 오른쪽으로 돌고
무러무러 하면 뒷걸음질 치고
주인에게 충성을 다 하여
논밭 갈이를 열심히 해준 댓가가

조금 부족하거나
말이 없고 무뚝뚝하거나
우매한 사람을 보면

소 같은 놈
소같이 미련한 놈
대놓고 말하거나
뒤에서 빈주렁거리거나
아예 무시해 버린다
미련을 뜻하는 것일까
과연 소 같다는 말은
미련을 상징하는 것일까

- 「소 같은 놈」 전문

위 시 「소 같은 놈」을 감상하며 다큐멘터리 독립영화 '워낭소
리'가 오버랩된다. 영화에서 평생토록 산골 땅을 지키며 살아온
노인 농부에게는 오랜 세월 서로 의지하며 행복한 나날을 엮어
온 소 한 마리가 있다. 그는 노인에게 말동무요 농기구요 마음
을 나누는 대상이며 그의 눈망울은 이를 데 없이 맑고 깊다. 소

와 일상을 함께하고 정신적 교감을 나누는 노인의 인생 후반부
는 더없이 충만한데 생명은 유한한지라 늙은 소는 죽음과 마주
하게 되고 그 죽음 앞에서 인간과 동물 간의 교감, 생명의 소중
함, 삶에 대한 자세를 돌아보게 한다. 시인은 익히 아는 내용의
우화를 들어 풍부한 농부의 경험을 토대로 인간들의 배은망덕
을 지적하고 있다. 워낭소리의 노인 같은 인식과 자세를 요구함
이 아닐지라도 소 같다는 말은 그 말 자체로써 어불성설임을 역
설하고 있다.

뒤를 돌아보지 말자
가슴을 쥐어뜯던 아픔
함박웃음 안겨주던 즐거움
왜 돌아보는가
모두가 부질없는 허상일러라
달리자
앞만 보고 달리자
어딘가에서 웃어줄 행복
황금빛 찬란한 행복 찾아 달렸지만
그 행복이란 것도 찰나일 뿐
사치스런 단어일러라
아침 여명의 햇살이
흔적 없이 사라지는
파란 풀 끝에 매달린
은빛 영롱한 초로일러라

- 「초로인생」 전문

초로草露는 잎에 맺힌 이슬이니 아침 햇살에 덧없이 사라지는

인생이 초로인생이다. 시인은 인생을 논함에 있어 그것도 시문학 작품에서 다룸에 있어 그다지 거북할 이유는 없다고 본다. 그러나 새파랗게 젊은이가 인생에 대해 논한다면 설득력은 떨어지고 감칠맛이 제대로 날까. 여기 팔순을 넘기며 인생의 희로애락을 경험한 시인의 인생 이야기는 그런 측면에서 깊이 있고 묵직한 울림을 준다. 웃음, 즐거움, 허상, 찰나, 사치들은 결코 진정한 인생의 목표나 의미가 될 수 없으니 아침 햇살에 덧없이 사라지는 초로인생임을 자각하고 후회 없는 삶을 살아갈 것을 경고한다.

어디 그뿐인가. 이어지는 시편들을 보면, 생노병사의 끝부분에 서서 읊조리는 「종합병원」, 불만과 불평을 위시한 부정의 것들은 몽땅 쌩쌩 돌아가는 세탁기에 송두리째 넣어버리자는 「행복으로 가는 길」, 차량 운전 중에 브레이크를 밟는 대신 액셀을 밟아 사고를 발생시키는 호언장담하는 허세와 자기변명을 어찌하면 좋겠냐는 「아이러니」, 가는 세월은 용감하게 눈물 보이지 말고 보낼 것이며 주체할 수 없이 일렁이는 소망을 가지라 노래한 「세모」, 가축들의 연대가 보여주는 우정과 신의를 재미있게 들려주는 「이웃사촌」, 인생이란 공수래공수거라 설파하는 「막차 탄 인생」, 만사가 마음먹기에 달렸다는 「마음」 등의 작품에서 진정한 인생 고수의 비법들이 한가닥 한가닥 수를 놓고 있다. 이렇듯 우제봉 시인의 시편들은 시인이 걸어온 호락호락하지 않은 세상의 의미들을 편 편으로 들려주는 인생 수업이다.

3. 연륜과 체득이 이루는 관조觀照

아름답고 현란하기만 한 인생이 있을까? 근심 걱정만으로 시작하여 끝나는 인생이 있을까? 이는 보편적인 물음이기에 특별한 사례를 범주에 넣지 않는다면 양 물음에 대해 모두 아니다라고 답할 수 있을 것이다. 다양한 환경에서 각자 특별하게 영위하는 것이 인생이고 보면 사람들은 자신만의 고유한 인생길에 대해 희망을 두고 과거와 현재의 인정하고 싶지 않은 사실과 사연들에 대해 인내하며 보다 나은 자신을 구현하려 노력하는 것이리라.

> 말이 필요 없더라
> 마주 보고 서 있어도
> 불이 활활 타는 것이 사랑이더라
> 꼭꼭 숨겨 빗장 굳게 걸어 잠그고
> 도둑고양이처럼
> 만나고 헤어지고
> 금새 보고 싶은 것이 사랑이더라
> - 「첫사랑 1」 일부

"말이 필요 없더라"라는 한 행 속에 이 시가 주고자 하는 의미는 관통한다. 평상시에 쓰는 말이면서 시어로서 강한 메시지를 전달한다. 주체 못 하게 올라오는 순정 앞에서 마치 황순원의 소설 '소나기'의 그 풋풋함을 연상시키는 저 가슴 먹먹한 희디흰 사랑을 누가 막을 수 있으며 전이 되지 않는 이 누가 있을까.

떠나가는 당신
잡을만한 힘이 없기에
그저 무력하게 넋 빠진 사람처럼
바라보는 나의 시선
끝내 외면한 당신

나뭇가지 끝에 머물던 바람
눈감은 채 머리 풀고 곤두박질치듯
재촉하는 걸음
잠시라도 멈추어다오

어둠의 틈새
조금씩 조금씩 비집고 여는
찬란한 햇살
빌어다오

고달픈 인생살이
허리띠 졸라매야 하는
애옥살이 잊지 못하고
사랑을 속삭인 산새들
찾아든 둥지에 어둠이 누우면

말없이 남긴 숱한 언어들
봇물 터지는 그리움
어찌하라고
야지랑스럽게 떠나가는 당신

-「송년」전문

애옥살이. 고달픈 인생살이에 야지랑스럽게 떠나가는 당신이라 한다. 위 시 「첫사랑 1」이 미소년소녀 간의 순수 열정의 사랑이라면 시 「송년」은 결혼하여 오랜 세월 함께 보낸 부부간의 사랑, 달리 말해 세상만사 모두 경험하고 이젠 미운 정 고운 정으로 사는 노부부의 사랑을 보여준다고 하겠다. 중복하여 시어 '당신'은 송구영신送舊迎新의 시점에서 연로한 사람으로서 한 해를 보내며 내세울 만한 성과물이 없음을 아쉬워하고 거침없이 흐르는 시간에 대한 야박스러움과 인생의 덧없음을 토로한다.

굽힐 것 없는데도
너울너울 불어대는
푸른 휘파람 소리에
한 송이 목련꽃이
배시시 웃는구나

- 「봄」 일부

산 등을 걸어온 단풍
온 산을 덮고
붉은 선혈로 춤을 추는가
그리도 탐이 나던가
종착역 문턱에서
이별이 서러워 서성이는 단풍
널뛰는 바람 앞세워
무참히 짓밟고 오는
비련의 가을비여

- 「가을비」 전문

시 「봄」에서 무거웠던 겨울을 밀어내고 등장하는 봄의 분위기는 "한 송이 목련꽃이 / 배시시 웃는구나"에서 참신하고 산뜻하고 가뿐하다. 시 「가을비」는 "이별이 서러워 서성이는 단풍 / 널 뛰는 바람 앞세워 / 무참히 짓밟고 오는 / 비련의 가을비여"라며 가을비를 비련의 주인공으로 등장시킨다. 산, 단풍, 선혈, 춤, 종착역, 비련 등의 선명한 시어들을 짧은 공간에 밀접하고 효과적으로 배치하며 시의 완성도를 끌어 올리고 있다. 흥미로운 것은 무더운 여름과 혹독한 겨울을 무감각 적이고 냉혈적인 무기체에 대한 터부의 계절로, 봄과 가을은 감각적이며 따뜻함을 주는 이끌림으로 이성보다 감성이 가리키는 대로 계절을 차등하고 있는지도 모른다는 것이다. 다만, 여름과 겨울을 주제로 하는 시편들이 적을 뿐 없는 것은 아니다. 시인은 여러 작품에서 계절의 특성들을 예리하면서도 위트와 비유·은유·형용하면서 자연과 인간, 자연의 일부로서의 인간, 인간으로서 받아들여야만 하는 자연이라는 거대한 피조물에 대한 경외와 거부할 수 없는 섭리를 설득력 있게 보여준다.

적은 늘 가까이 있다는 말
적은 아군 속에 있다는 말
그 말이 진실로 참이었던가
믿기지 않지만 믿어야 할
서글픔 어찌 감당하란 말인가

소속 집단과 더불어 살기를 버리고
혼자만이 영화를 누리겠다고
적을 도운 아군
책임도 묻지 말란다

중생을 구하는 부처님의 자비인 양
성인군자의 도와 덕인 양
예수님의 성스러운 은총인 양
꾹 눌러 덮어두라는 사람은
말리는 시누이더라

- 「말리는 시누이」 전문

어른이 된다는 말은 인간관계를 이해하게 되면서 고단수의 말과 행동을 적절하게 사용할 줄 알고 그렇게 행할 수 있어야 한다는 것으로 정의해 볼 수도 있다. 대가족사회에서 여자는 시집의 시어머니 그리고 시누이와의 관계를 얼마나 잘 형성하고 유지하느냐에 따라 시집살이의 성패가 달려 있다 해도 과언이 아니었다. 우리나라 속담에 '때리는 시어머니보다 말리는 시누이가 더 밉다'는 말은 겉으로는 위해주는 척 하지만 속으로는 해를 입히려는 겉과 속이 다르게 행동하는 얄미운 사람을 이르는 상황이니 겪어보면 골치 아픈 난제가 아닐 수가 없다. 시를 보면 세간의 부녀자들 간의 이야기이기도 하거니와 사회의 이목을 끄는 이슈 또는 공조직 내에서 발생한 알력이나 비리를 짐작하게 한다. 재미있는 비유로 문제를 꼬집는 감칠맛 나는 작품이다. 이런 풍자는 「꼴불견」, 「이율배반」, 「바보」, 「어느 봄날」 등 많은 시편에서 감상할 수 있다.

특별한 일이 없는 한
둘째 딸이 쉬는 월요일에만
아내에게 간다
아내는 자신을 요양원에 버렸다고
나와는 말을 섞지 않는다

아예 원수로 여기고 외면하기 때문이다
저승사자 앞인 양
아내한테 가기가 무섭고
두렵고
가슴이 메어지는 아픔
고통
죄책감
만감이 교차한다
아내는 딸에게 하소연하고
애원한다
요양원은 있을 곳이 못된다네
집으로 가게 차 갔다 대라네
그렇지 않으면 벌판 아무데나
갔다 버리라네
풀이나 뜯어먹고
이슬이나 받아먹으며 살아도
요양원보다 좋다네
참으로 기가 막히는 노릇이다
평생을 죄인으로 살아야 하는
나는 무너지는 아픔
어찌 감당하란 말이오
하늘이여!

- 「면회」 전문

이럴 수가 있는가. 요절하지 않는다면 누구나 겪게 될 인생의
마무리 수순이 이렇게도 처절하고 적나라하게 펼쳐지는가. 한
세대 전까지 경험한 대가족 시대에는 상상할 수조차 없었던 현
상이 바쁘고 빈틈없는 고도화된 사회의 일원이라는 이름으로

도리나 인성, 인정이 매도되고 부모자식간, 부부간에도 어쩌지 못하고 바라만 봐야 하는 황당한 일들이 지금 눈 앞에서 펼쳐지고 있지 않나. 시인은 50년 넘어 평생토록 사랑하고 의지하며 이젠 애틋한 아내에 대한 사무치는 사랑과 죄의식에 피 토하는 심상을 또박또박 적었다. 아내를 서운케 했던 모든 잘못을 고백하고 용서를 빈다. 이제 더는 어쩌지도 못하는 심정을 몇 행 시로 전할밖에. 그리하면 답답한 마음이 조금이나마 덜어질까. 자식과 세상과 자신을 향해 다른 시 「고백」에서 재차 숨김없이 절절한 순애보를 뱉는다.

> 밤길 걷고 싶습니다
> 어둠이 밀림으로 누운 밤길
> 밤새도록 걷고 싶습니다
>
> 긴 정막이 내민 손 잡고
> 도둑고양이 잠든 밤
> 가슴에 쌓이는 고독 풀어헤쳐
> 어디론가 무작정 걷고 싶습니다
>
> 추억이 뒤척이는 밤
> 까맣게 가슴 태우는
> 그리움 풀어헤쳐
> 밤새워 걷고 싶습니다
>
> 서성이던 바람 멈춰 선 밤
> 밤새워 그냥 걷고 싶습니다
> 말똥말똥 눈뜬 별빛 따라
> 밤길 마냥 걷고 싶습니다
>
>   - 「밤길 걷고 싶습니다」 전문

프랑스의 사상가 파스칼은 "인간은 자연 중에서 가장 연약한 갈대에 불과하다. 그를 멸하기 위해 온 우주가 무장할 필요는 없을 것이다. 인간은 한 가닥의 수증기, 한 방울의 물로도 죽일 수 있는 연약한 존재이기 때문이다. 그러나 인간은 생각하는 갈대다. 한없이 연약함에도 불구하고 인간은 여전히 우주보다 고귀한 존재"라며 지구상 동물 중에 인간이 가지는 우성으로서의 특성을 생각할 수 있는 힘에 방점을 찍었다. 시인은 시에서 고독하고 까맣게 가슴 태우는 그리움을 들며 가슴을 주체하지 못해 별빛 따라 밤길을 걷고 싶다고 한다. 그것도 무작정, 그냥, 마냥, 밤새워 걷고 싶다면 크고 깊은 고뇌일 것이다. 팔순에 이르는 여정에 얼마나 많은 사연과 사건, 얼마나 많은 감정들이 일어났다가 사그라들었을지 헤아리기조차 쉽지 않다. 그리고 무슨 고뇌인지 알 순 없지만 고뇌의 무게를 짐작하며 수긍하게 한다. 그렇게 걸으며 머리와 가슴 속 문제들을 이성과 감성으로 정리하고 새로운 전기와 새 힘을 얻게 된다면 더 유익할 게 있을까. 젊은 나이 사랑을 배워갈 때 불같은 감정을 어쩌지 못해 밤길 걷던 기억을 사치라 할 수 없지만 노년의 밤길 걷고 싶은 저 육중한 사유思惟는 근엄하다. 그런 가운데 밤길 걸으며 가지는 사유의 시간과 공간 그리고 그 결정은 존중받아야 한다. 그렇기에 이 시는 감상적이거나 감성적인 부분에 앞서 시인의 인생에 대한 진지한 접근방법과 신실한 태도를 느끼게 하는 역작이다.

　　"친구여 / 보고 싶네 가슴이 무너지도록 한없이 보고 싶네 / 마음에 소복소복 싸이는 / 그리움만 남긴 세월은 / 너무도 빨리 너무도 멀리 저만치 가네 (중략)" - 「친구」, "문남독녀 키우듯 / 애지중지 뜨겁게 열정을 받고 / (중략)" - 「고추」, "이른 봄 까치가 먼동이 튼다고 / 소식을 물고 오기도 전에 / 새벽 단잠에서 깬 농부 / 눈을 부비며 동동거리기 시작했다 / (중략) - 「어느 농부」 등 이 시집에서는 다양한 주제의 작품들을 선보이는데 이는 살아오면서 접한 다양한 환경과 수많은 체험을 통해 겪고 체득한 결과물인 것이다.

　이렇듯 원숙을 지나 인생의 정점에 이른 시인의 작품들에선 다양한 경험과 연륜으로 빚어낸 지혜가 번득인다. 자연과 인간, 「첫사랑」에서 시작하여 「면회」에 이르는 영원한 연인이자 유일한 인생 반려자인 아내에 대한 끝없는 사랑, 친구와 우정, 농부의 삶 등 각 시편에서 우러나오는 인생에 대한 관조는 독자로하여금 직설 또는 은유와 풍자를 통해 지혜와 더불어 깊은 울림을 준다.

　　　　　　　사람들로 물결치는 세상
　　　　　　　틈바구니에 끼어
　　　　　　　달빛도 별빛도 없는 누리
　　　　　　　한잔의 술잔에 떠도는 사유
　　　　　　　하나 둘 유영하는 영상
　　　　　　　소름 끼치는 무료함의 날개

　　　　　　　시작도 끝도 없는 반추
　　　　　　　이미 핏기 잃어 창백한
　　　　　　　지난날의 화려했던 꿈
　　　　　　　느리게 느리게 아주 느리게
　　　　　　　술잔에 출렁출렁
　　　　　　　헤엄치는 지느러미

1m 2m 100m
아무리 높이 방파제를 쌓아도
한잔의 술잔이 강물이 된 무용지물
-「버려야 산다」 전문

　살고 보니 알겠노라고 일갈한다. 욕심이 있다면 버려야 한다
고 한다. 지난날의 화려했던 꿈도 그 무엇도 버려야 산다고 한
다. 세상의 법과 격식도 이젠 불필요한 존재다. 시인은 성실한
남편, 아버지, 가장, 농부로 성실하게 살았다. 거기에 직장이라
고는 한 길 정년퇴임까지 교육자로 끝을 맺었다. 그러면서 젊은
시절 시작하여 평생을 관통하는 취미는 시인의 길이었다. 이렇
듯 시인의 인생길은 그리 호락호락하지도 멋스럽지도 않았는데
늘 성실함과 부지런함을 요구하는 고단한 여정이었다. 산다는
것은 세상과 맞서고 자신을 지키고 견뎌 나가면서 불굴의 의지
와 끈기로 마침내 스스로 비우며 버거운 짐을 덜어나가는 것이
라고, 그것이 세상 섭리라는 말씀을 이 시집을 통해 전해 듣는
다. 앞으로도 건강을 유지하시면서 세상 사람들과 후배들에게
더 많은 지혜의 숲을 펼쳐 보여주시기를 청암靑岩 우제봉 선생님
께 바라며 졸필을 접는다.